Lili la Fourmi

FACE AU MONSTRE

2

et les prouesses des animaux de la forêt.

Scénario
ANITA STUDER

Dessin
STEFANO BORONI

Graphisme
NICOLAS SPITZNAGEL

NORDESTA
Reforestation & Education

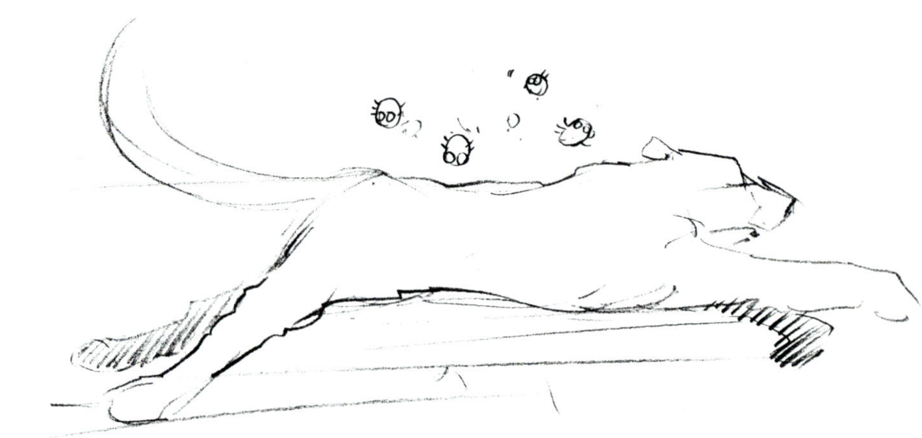

COLLABORATEURS
Chardet Mathieu, Ernst Rodolphe, Gutierrez Camilo et Teixeira Mélissa.

CONTACT
NORDESTA - Reforestation et Education
www.nordesta.org

FSC www.fsc.org MIXTE Papier issu de sources responsables FSC® C114504

Éditeur responsable : NORDESTA Reforestation et Education - Suisse
Dépôt légal : janvier 2016 / ISBN 978-2-3724-5019-5

Imprimé en CEE

Dans la forêt de
Pedra Talhada...
GRRRRR
GGRRRRRRR
CRAK

Les animaux se reposent...
... quand tout à coup...

... une coquine de feuille se laisse tomber sur la tête du jaguar.
?
OUPS
PAF
Hi Hi Hi
Hi Hi
AH AH AH
AH
Hi Hi
Hi Hi
OH OH OH
OH OH OH
Hi
Hi
Hi Hi
Hi Hi

Allez ! Ne fais pas cette tête. C'est rigolo !
Regarde ! Je le fais aussi et tu pourras rire de moi à ton tour !
Moi aussi je le fais !
Et moi ! Ah, ah !
Moi aussi!
Ah, ah, ah ! C'est vrai que ça fait rire !
C'est comme un déguisement !

Oh, ça me donne une idée ! Et si on montait une pièce de théâtre ?! Chacun pourrait se déguiser et utiliser ses propres talents pour créer des personnages.
La scène sera cette clairière et le public sera tout autour, du sol jusqu'au sommet des arbres. Je serai le metteur en scène.
Je propose que chacun présente le rôle qu'il pourrait jouer.
Oui, moi Goupil, je vais jouer le plus rusé de toutes les créatures !
Moi Patou, je suis l'animal le plus mythique du Brésil. Je suis rapide et fort. Je serai le Superman de la forêt.
Moi Hector, je suis un excellent grimpeur, je connais très bien la forêt ; suis vif et musclé et ai 5 mains. Je jouerai un acrobate.
Moi Zazou, regardez-moi ! Je suis la championne du vol en aveugle, je vole la nuit sans me cogner ; je possède le plus performant des radars ! Dans la pièce, je jouerai un drône !
Moi Filou, je sais tisser des fils plus solides que l'acier et plus souples que la soie ! Je peux vous tisser des costumes à la fois solides et légers.

Moi Lucie, j'éclaire la nuit sans électricité ni piles. Avec mes copines je vous ferai l'éclairage public dans la forêt, la nuit.
Moi Bie, je suis la plus importante pollinisatrice des Amériques !
C'est grâce à moi que la plupart des plantes se reproduisent et en plus, je vous fais du miel... Qui dit mieux?
Moi Surucucu, je suis le roi du sol forestier, je connais tout : terriers, trous, cavités, cavernes. Mon venin est très impressionnant : il tue et il guérit! On m'appelle le « seigneur de la brousse » !
Je ferai un personnage mystérieux, qu'on ne voit pas parce que je me confonds avec le sol forestier.
Moi Nestor, j'observe tout. Je me moque de tout et imite tout le monde... même les humains ! Je serai le clown du spectacle.
Moi Alcide, je domine le ciel... et de là-haut, je vois tout ! Je peux faire le guetteur et le messager.
Moi, Rifa la fourmi rouge, je suis minuscule mais je sais traire les pucerons que je garde en troupeaux... et j'ai même des cousines qui savent coudre des feuilles.
Je serai la cantinière du spectacle.

Les animaux viennent juste de présenter leurs personnages, lorsque...
OULA YA LA BANDE DE VANTARDS
GGGRRRR
GGGGRRRR
... le monstre qui les espionnait derrière le feuillage fait son apparition sur «scène»...
Tous sont terrifiés !
Bande de vantards ! Vous vous croyez très forts, mais le vrai Seigneur ici, c'est moi !!!
Et il se trouve que j'ai faim, très faim ! Donc je vais tous vous croquer à l'instant même !
Et avec mon fidèle serviteur la Flamme, on va brûler la forêt pour faire de l'espace.

Les animaux partent dans tous les sens... Seule Lili fait face.
Ils ne se vantent pas, ils se préparent pour des personnages de théâtre. Ce n'est qu'un jeu !
Non, Lili ne ...
Fais attention !
Mais le Monstre avance vers eux et en attrape quelques uns dans ses griffes multifonctions et s'apprête à les manger !
SNAP
Lâche-les ! Tu ne sais même pas ce qu'ils sont capables de faire ! Donne-leur au moins une chance !

Une chance?
Et pourquoi pas? Eh bien je les mets au défi de prouver toutes les qualités dont ils se vantent.
FLOP
Mais attention, c'est moi qui dicte les règles, et voici comment:
Toi l'araignée, voilà ta mission: va au bord de la falaise et tisse un fil si solide que ce maudit singe puisse s'y suspendre avec tout un chargement!
Ça va Sururucu?
Toi futée fourmi rouge, tu devras préparer des sacs de miellat de pucerons à remettre au singe qui me les apportera pour mon petit déjeuner!
Toi l'abeille, prouve ce que tu prétends! Fais toi donc élire meilleure pollinisatrice par les plantes de la forêt...
...je veux le résultat du vote ici demain matin au lever du soleil.
ZIP

Toi le hautain seigneur des airs, va donc attraper un ouistiti en Amazonie et ramène-le vivant ici demain !
Toi, le renard qui te crois si rusé, je te mets au défi de me faire rire !
Vous deux, jaguar et petit seigneur broussailleux, débrouillez-vous pour prouver vos vantardises !
Enfin, vous, les prétentieuses chauve-souris et lucioles, vous irez guider vers la piste d'atterrissage un avion en perdition !
Toi, Lili, tu restes ici ! Toi la Flamme, mon valet, je te charge de la surveiller jusqu'à demain matin quand je reviendrai !
Mieux vaut rester caché !
Demain matin, quand l'aube pointera, je reviendrai et tous ceux qui n'auront pas rempli leur mission, je les croquerai !
Et vous, les trois fées, il n'est pas question que vous fassiez vos tours de magie pour aider vos amis !
Les missions sont impossibles à réaliser ! Riche festin en vue pour moi demain !

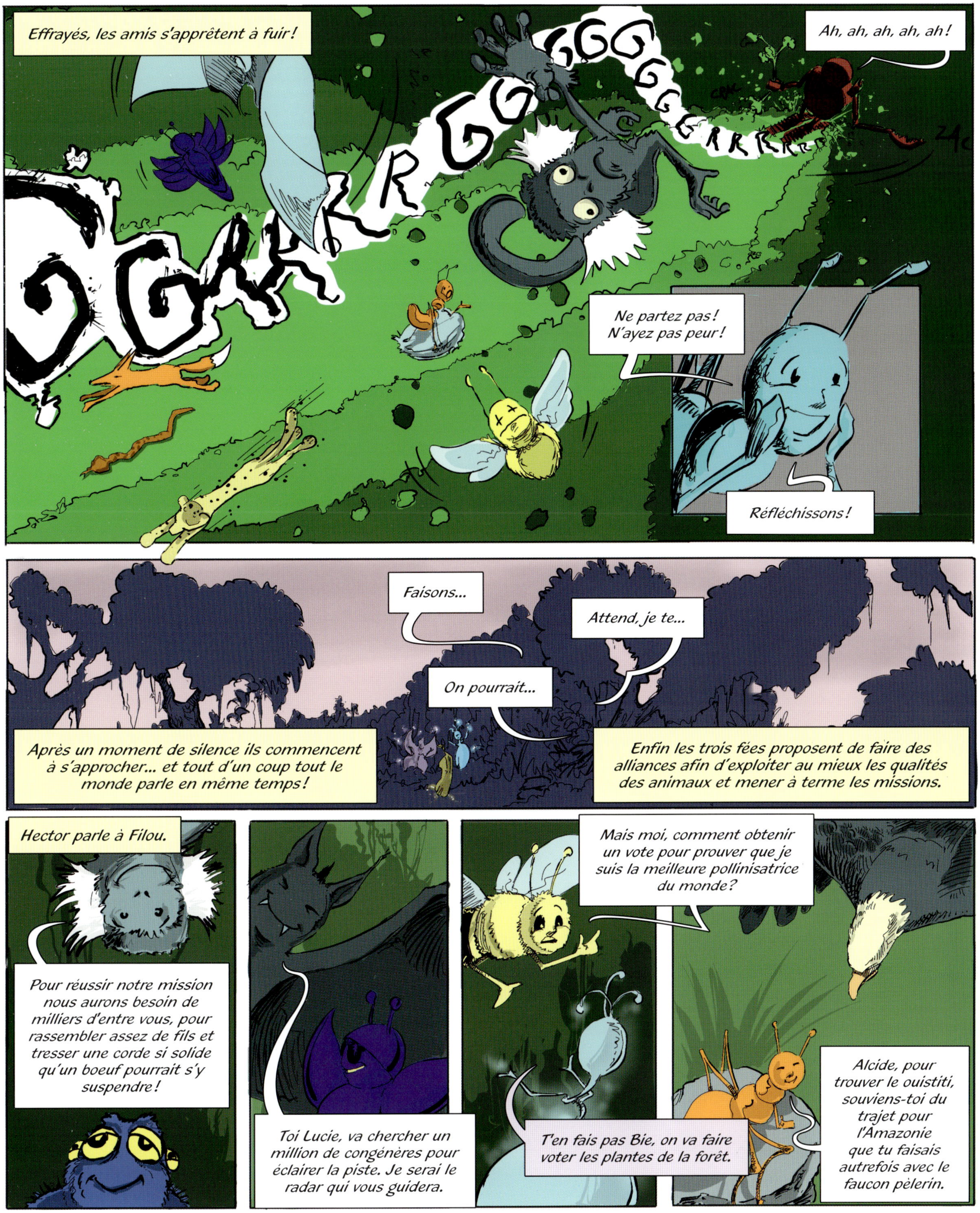
Effrayés, les amis s'apprêtent à fuir!
GRRRGGGGGGGRRRRR
Ah, ah, ah, ah, ah!
Ne partez pas! N'ayez pas peur!
Réfléchissons!
Faisons...
Attend, je te...
On pourrait...
Après un moment de silence ils commencent à s'approcher... et tout d'un coup tout le monde parle en même temps!
Enfin les trois fées proposent de faire des alliances afin d'exploiter au mieux les qualités des animaux et mener à terme les missions.
Hector parle à Filou.
Pour réussir notre mission nous aurons besoin de milliers d'entre vous, pour rassembler assez de fils et tresser une corde si solide qu'un boeuf pourrait s'y suspendre!
Toi Lucie, va chercher un million de congénères pour éclairer la piste. Je serai le radar qui vous guidera.
Mais moi, comment obtenir un vote pour prouver que je suis la meilleure pollinisatrice du monde?
T'en fais pas Bie, on va faire voter les plantes de la forêt.
Alcide, pour trouver le ouistiti, souviens-toi du trajet pour l'Amazonie que tu faisais autrefois avec le faucon pèlerin.

Je suis prêt à aider Rifa la fourmi rouge... car remplir cent sacs de miellat et coudre des feuilles c'est la mission la plus difficile de toutes ! Vous imaginez le travail ?!
Merci Patou !
Je t'accompagne !
Moi aussi !
Merci Goupil et Sururucu !
Nous allons appeler des millions de fourmis pour tirer le miellat des pucerons...
... ensuite nous chercherons leurs cousines couturières !
Et, puisque vous êtes les plus rapides, vous courrez à travers la forêt porter les sacs de miellat au singe Hector.
Et toi Lili, que feras-tu ?
Comme je suis obligée de rester ici, je vais coordonner les opérations.
OK !

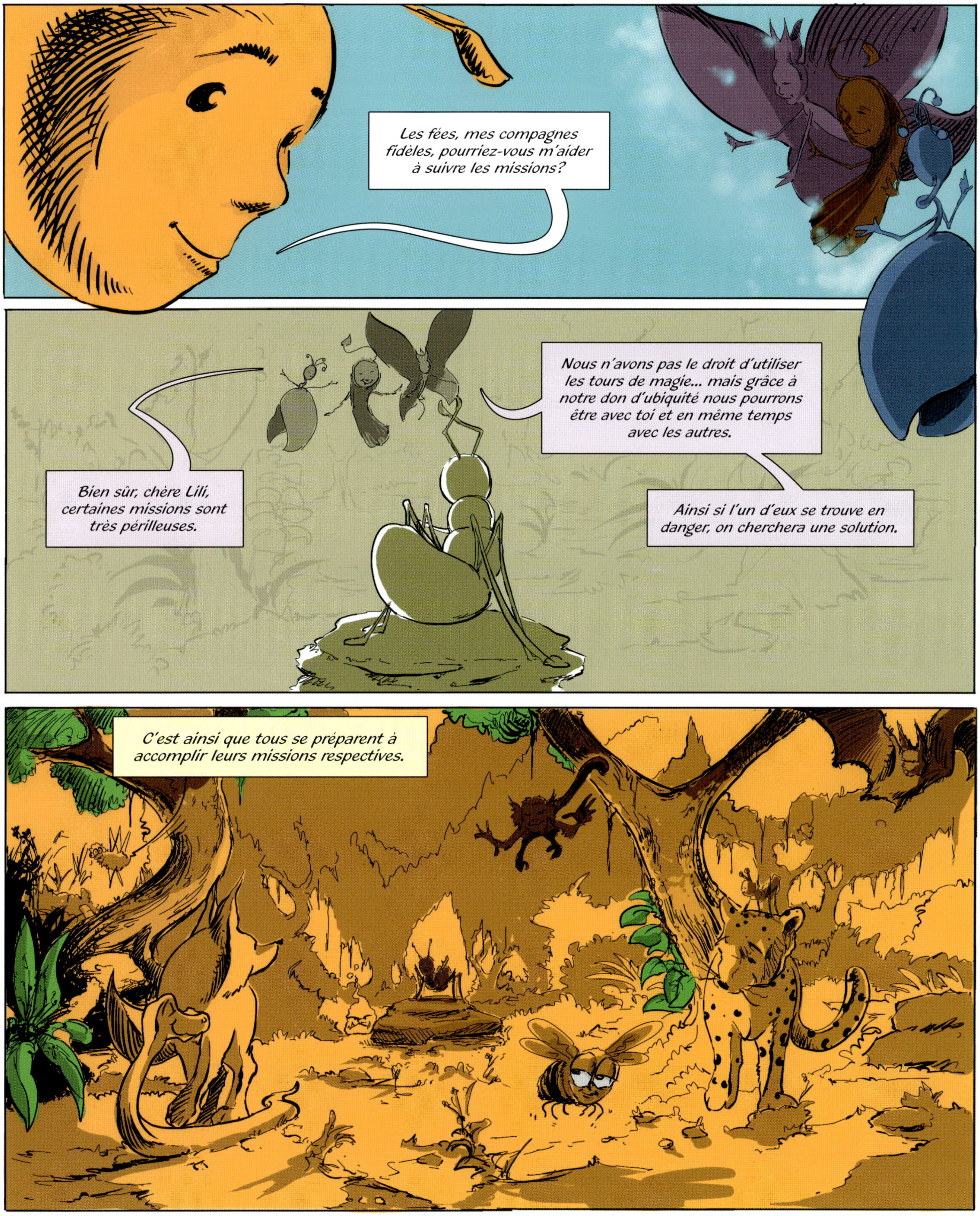
Les fées, mes compagnes fidèles, pourriez-vous m'aider à suivre les missions?
Bien sûr, chère Lili, certaines missions sont très périlleuses.
Nous n'avons pas le droit d'utiliser les tours de magie... mais grâce à notre don d'ubiquité nous pourrons être avec toi et en même temps avec les autres.
Ainsi si l'un d'eux se trouve en danger, on cherchera une solution.
C'est ainsi que tous se préparent à accomplir leurs missions respectives.

L'aventure commençe. Les animaux partent à toute vitesse.

Comment je note l'évolution des mission?
Que penses-tu d'une feuille géante?
BLING BLING
PUF
Mais qu'est-ce qu'ils font?!!

Les fées commencent à visualiser le déplacement des animaux et à le rapporter à Lili.
Je vois... je vois...
Je vois le singe Hector qui rassemble des araignées...
Eh, toi Filou, j'ai besoin de milliers de fils de soies pour tisser une corde capable de supporter mon poids avec les bidons de miellat pour descendre la falaise. Tu veux bien m'aider?
OK Hector, je vais chercher mes copines et on s'y met.
Nous sommes les meilleures... même l'industrie aéronautique teste les qualités de nos fils et soies pour les vaisseaux spatiaux!
Allez les araignées... il y a du boulot!
Sans perdre de temps Lili note l'état de la mission sur sa feuille.

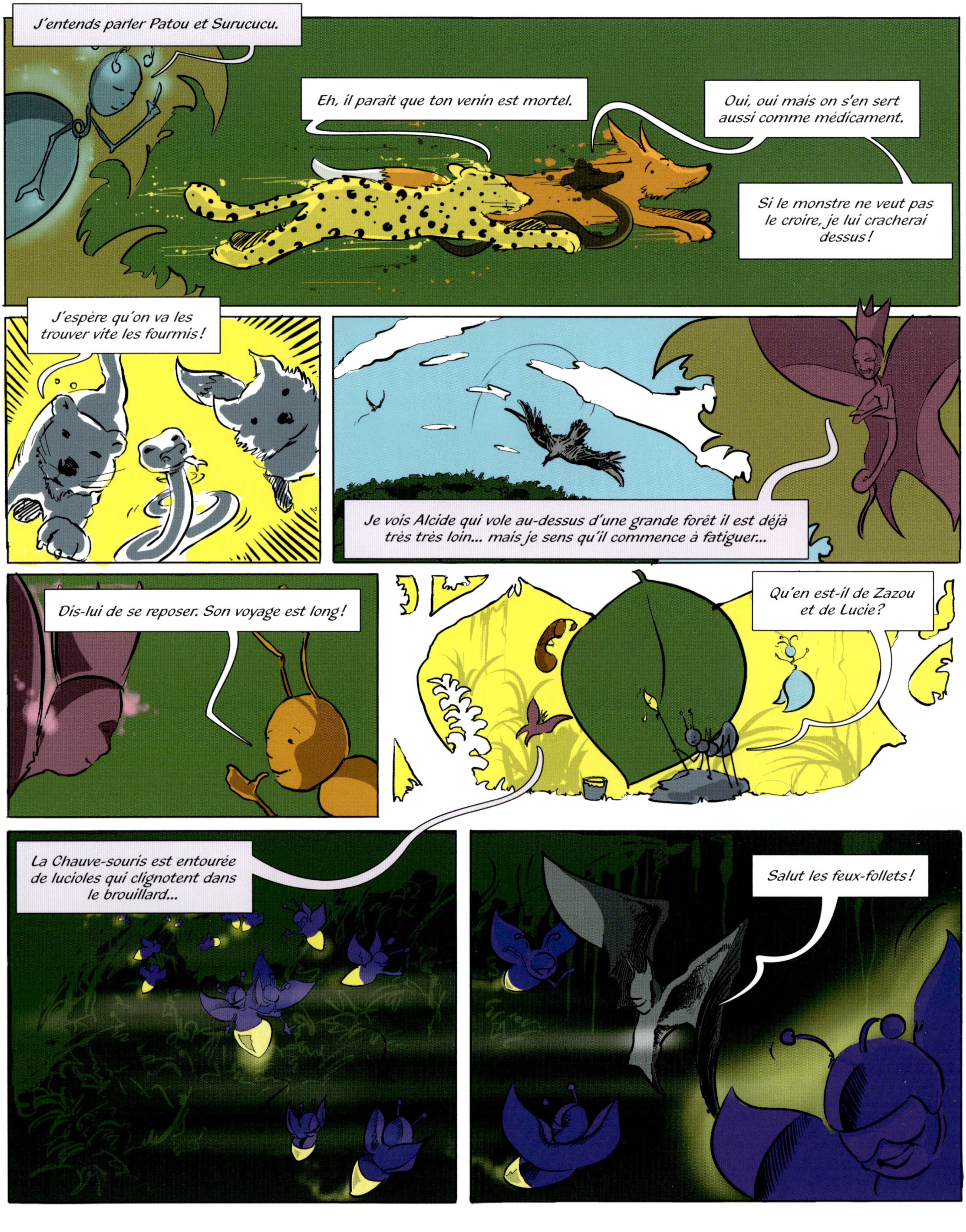
J'entends parler Patou et Surucucu.
Eh, il paraît que ton venin est mortel.
Oui, oui mais on s'en sert aussi comme médicament.
Si le monstre ne veut pas le croire, je lui cracherai dessus !
J'espère qu'on va les trouver vite les fourmis !
Je vois Alcide qui vole au-dessus d'une grande forêt il est déjà très très loin... mais je sens qu'il commence à fatiguer...
Dis-lui de se reposer. Son voyage est long !
Qu'en est-il de Zazou et de Lucie ?
La Chauve-souris est entourée de lucioles qui clignotent dans le brouillard...
Salut les feux-follets !

Je vois Bie. Elle est au milieu de ses électeurs.
Eh ! Ça va les fleurs? Je viens chercher votre vote pour démontrer au Monstre que je suis la meilleure pollinisatrice au monde.
Alors, je compte sur votre vote ! Tout le monde sait que je suis la meilleure !
Non mais quelle arrogance !
Bof...
Ouais... faut voir...
Non, j'suis pas d'accord !
Aïe ! C'est pas gagné pour Bie...
Je crois bien qu'elle a parlé un peu trop vite. Elle a froissé plusieurs plantes...

Après un court arrêt, Alcide reprend son vol... Il pense au Ouistiti...
Il s'approche du but...
mais un danger le guette...
Les pirates du grand fleuve l'observent pour l'abattre et en faire un trophée à accrocher au mât.

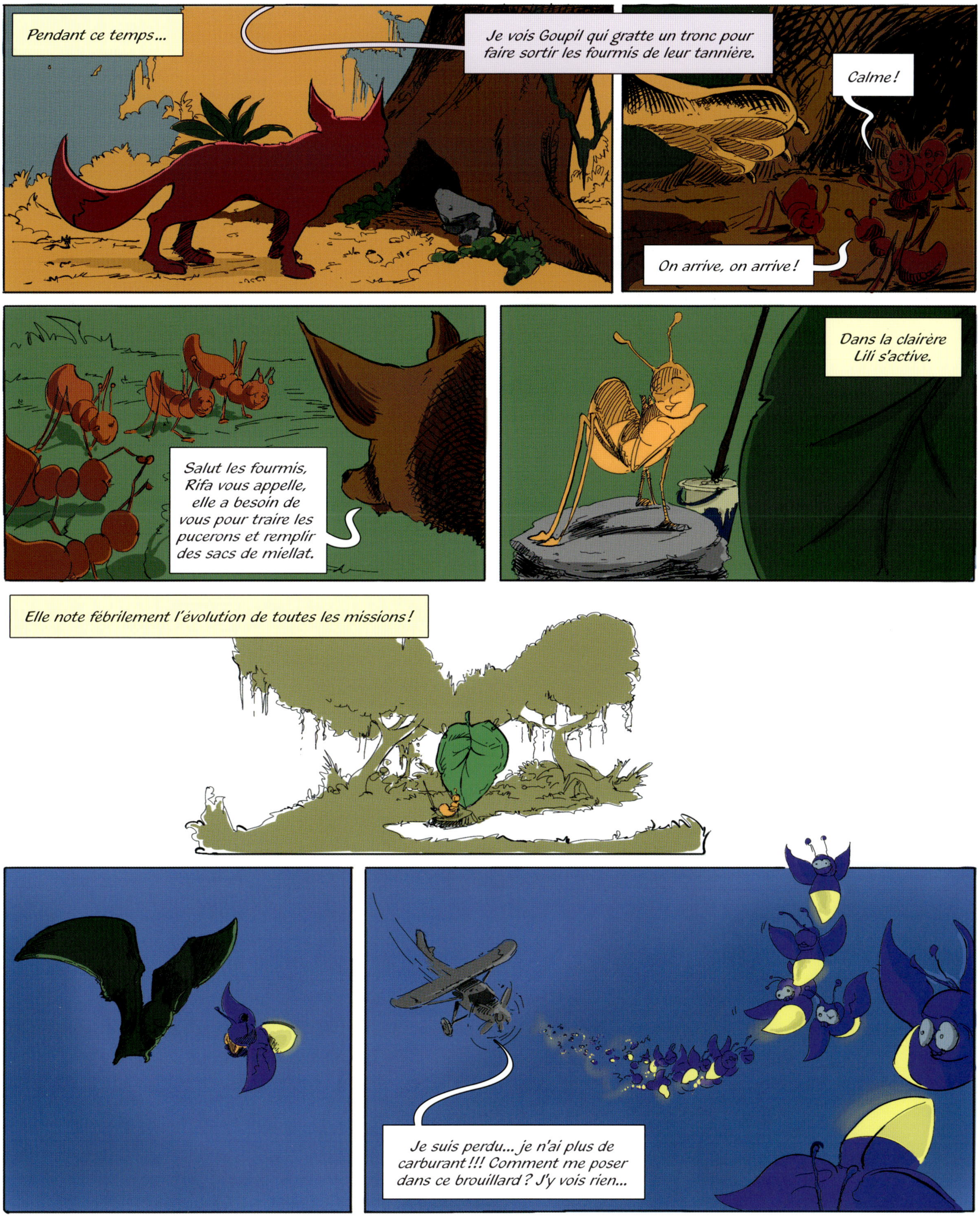
Pendant ce temps...
Je vois Goupil qui gratte un tronc pour faire sortir les fourmis de leur tannière.
Calme !
On arrive, on arrive !
Salut les fourmis, Rifa vous appelle, elle a besoin de vous pour traire les pucerons et remplir des sacs de miellat.
Dans la clairère Lili s'active.
Elle note fébrilement l'évolution de toutes les missions !
Je suis perdu... je n'ai plus de carburant !!! Comment me poser dans ce brouillard ? J'y vois rien...

Du côté de la falaise...
Hector tresse... enroule... noue... il s'agite pour fabriquer la corde !
Hop, hop !
Allez, allez !
... près d'une piste d'atterrissage improvisée, Lucie et les autres lucioles, avec Zazou la chauve-souris arrivent presque au bout de leur mission.
Prêt pour l'atterrissage !
Trop bien ce radar !

Ça fait quand même un sacré boucan ce truc !
Bouches-toi les oreilles !
Vous m'avez sauvé la vie !
Eh, j'ai une idée !
Vas-y je t'ecoute !
Et si on faisait une surprise à nos amis une fois les missions terminées ?
Ouiiiii ! Laquelle ? ...? ...!
Avec Lucie, on va réunir toutes les lucioles et on va aller éclairer la falaise pendant la nuit !
C'est énorme !
Mais chut !!! Ça doit rester secret.

Du côté de Bie ça discute ferme... Toutes les fleurs ne sont pas décidées à voter pour elle comme meilleure pollinisatrice.
Tu comprends, moi le vent m'aide beaucoup...
Et puis il y a aussi d'autres insectes qui transportent le pollen.
...tandis que l'aigle zigzague dans les airs pour ne pas devenir un trophée !
Descends-moi ce poulet !!!
Dis-lui de se mettre entre le soleil et les pirates comme ça ils seront aveuglés et ne pourront pas viser.

Mais, il est où?! Je ne vois plus rien!!!
Grrr...!
Heuuuuu...!
REQUIN
Ouf, je l'ai échappé belle! Merci pour les conseils!
Du côté d'Hector, les choses se compliquent, ce qui amuse Filou...
Je crois que j'ai un petit problème...
Tu vas jamais y arriver...!

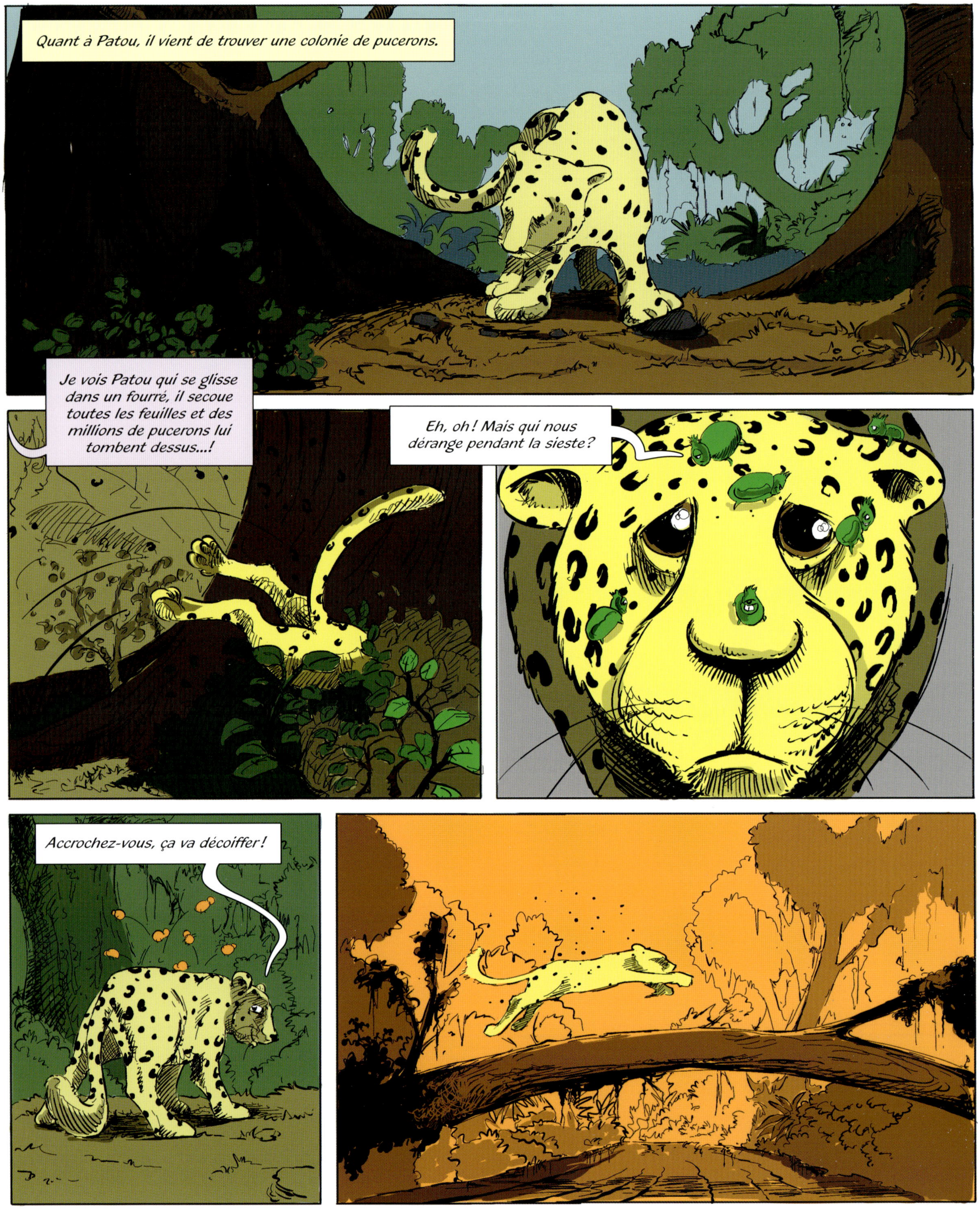
Quant à Patou, il vient de trouver une colonie de pucerons.
Je vois Patou qui se glisse dans un fourré, il secoue toutes les feuilles et des millions de pucerons lui tombent dessus...!
Eh, oh ! Mais qui nous dérange pendant la sieste ?
Accrochez-vous, ça va décoiffer !

Elle est trop arrogante cette Bie... moi je vote CONTRE !
Oui je suis d'accord, moi aussi je vote CONTRE !
Moi je suis obligée de voter POUR car c'est vraiment grâce à elle que mes fleurs sont fécondées !
Pour moi il y a aussi les colibris, mais je vote aussi POUR elle.
Moi, je sais pas quoi dire... je préfère m'abstenir...
Bof, moi je ne me rends pas compte, je m'abstiens aussi...
2 POUR, 2 CONTRE, 2 Abstentions...
À toi de parler Grand Arbre, dis nous ce que tu en penses...
Tu es quand même d'accord que je passe des jours entiers dans tes fleurs...?
J'ai encore besoin de réfléchir... le vent est aussi important pour moi...
Tu préfères peut-être que le monstre vienne te couper?!
Explique à l'arbre que l'abeille est vitale pour lui !
Hi ! Hi ! Hi ! Hi !
OK, tu as gagné ! Je vote POUR toi.
Tu l'as échappé belle !
PAC
Gagné !
Grrrrrrr !

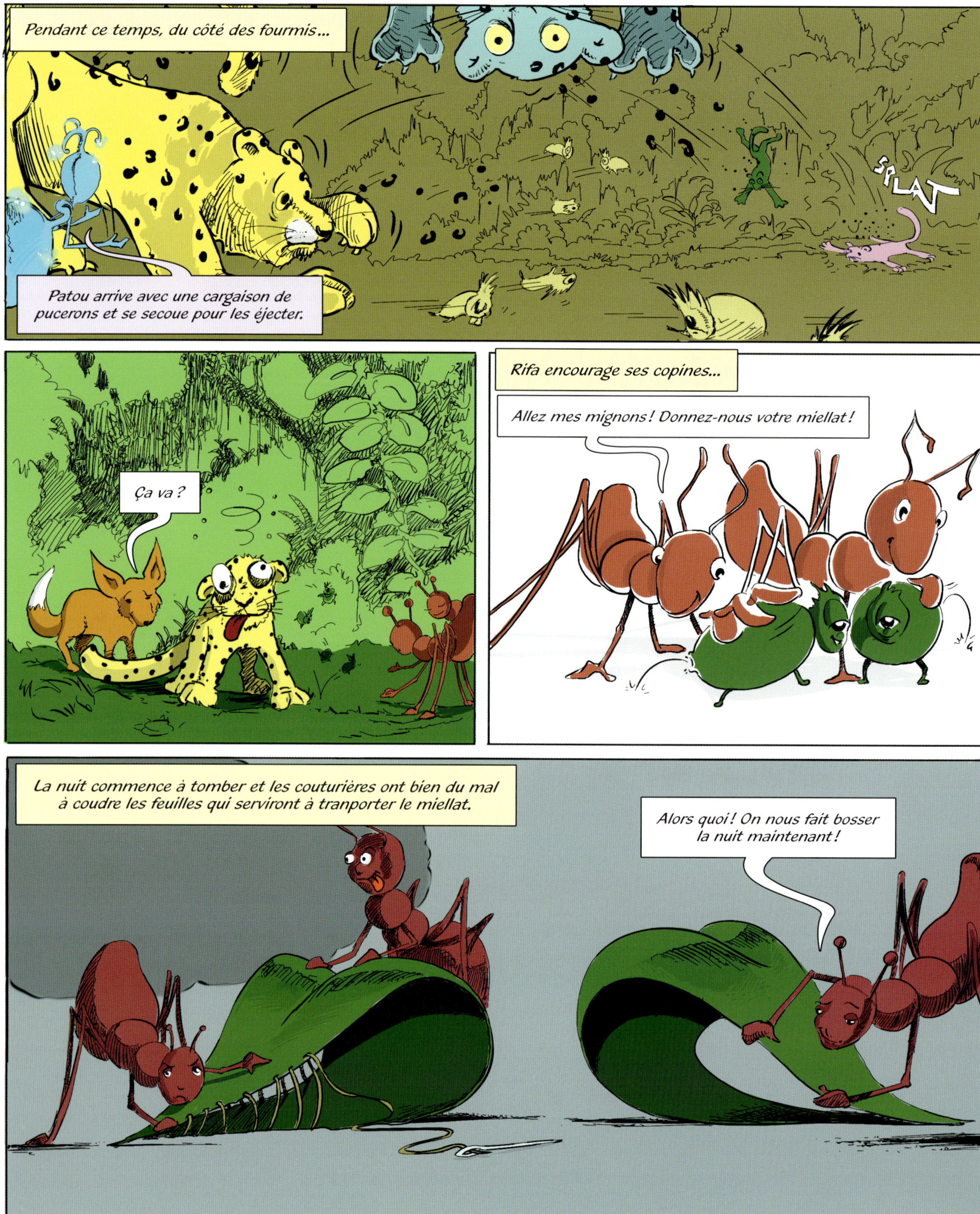
Pendant ce temps, du côté des fourmis...
SPLAT
Patou arrive avec une cargaison de pucerons et se secoue pour les éjecter.
Ça va ?
Rifa encourage ses copines...
Allez mes mignons ! Donnez-nous votre miellat !
La nuit commence à tomber et les couturières ont bien du mal à coudre les feuilles qui serviront à tranporter le miellat.
Alors quoi ! On nous fait bosser la nuit maintenant !

Hé la fée ! Faut dire aux lucioles d'aller éclairer les couturières !
Okay !
Ohé les filles ! Il y a urgence chez les fourmis !
On fera la surprise plus tard ! Venez !
Les lucioles se précipitent pour éclairer les couturières.
Génial ! Merci !
C'est trop lent ! Il nous faudrait plus de pucerons pour le miellat et plus de fourmis pour coudre les sacs... Sinon on n'y arrivera jamais !
OK !
On y va...
... aux pas de course !

Sous la direction de Rifa, le sol forestier se transmforme en usine de production de miellat et de fabrication de sacs.

Patou s'active au transport des sacs de miellat qu'il apporte à Hector, toujours emberlificoté dans ses fils de soies d'araignées.
Écoute-moi Filou, si toi et les autres araignées n'aidez pas Hector à tresser sa corde, il n'y arrivera jamais...
C'est bon pour la production de miellat, maintenant vous devez aider Patou à transporter les sacs vers le singe.

Surucucu s'essouffle... elle a du mal à suivre...
Oh, te voilà ! Merci pour le miellat. Patou en a déjà apporté 5 sacs, c'est un coureur fantastique.
Aïe ! Patou croise la route de Surucucu...
... mais il ne la voit pas !
!!
SPLAK
Par reflexe, Surucucu mort la patte de Patou pour se dégager...
ZAC

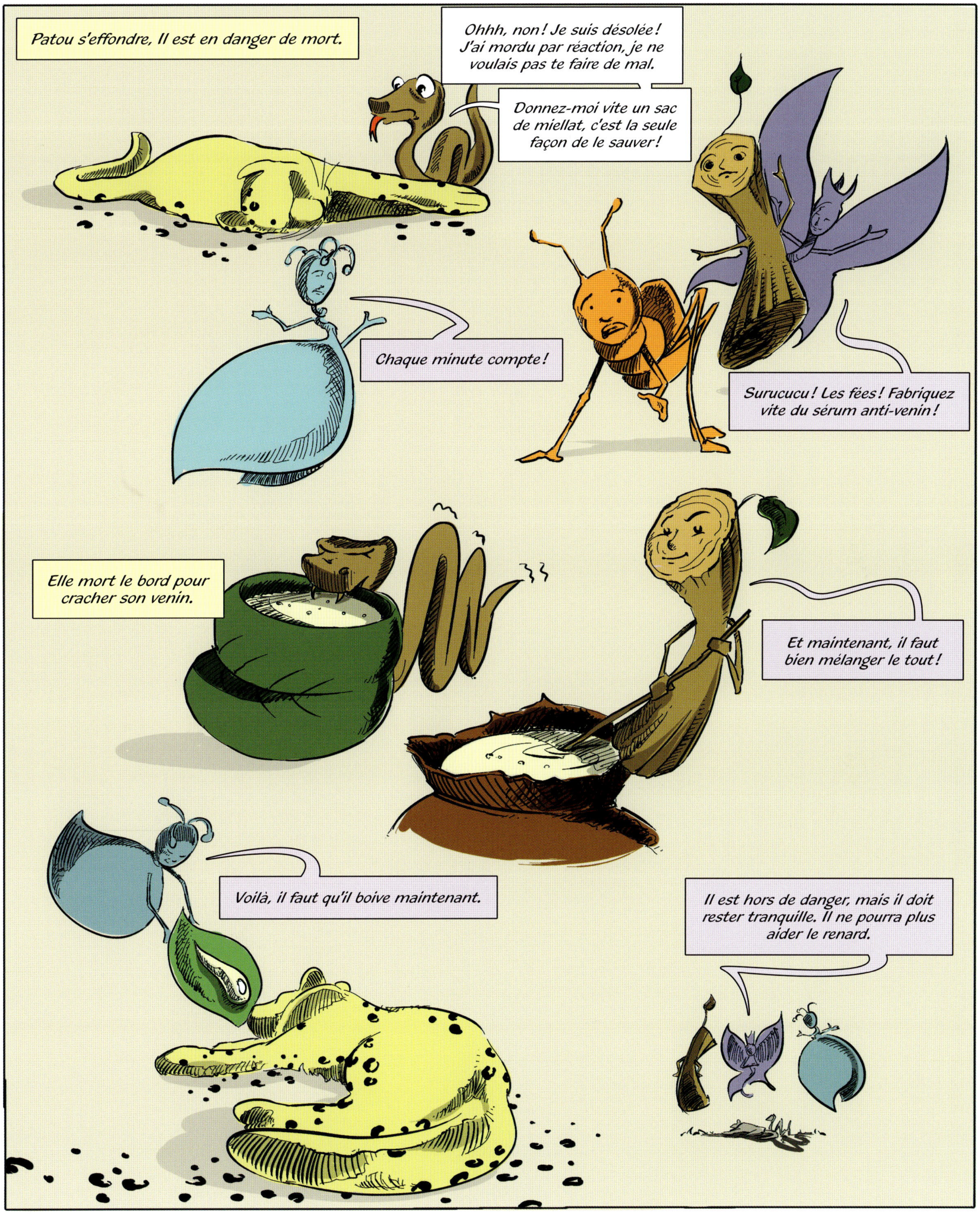
Patou s'effondre, Il est en danger de mort.
Ohhh, non! Je suis désolée! J'ai mordu par réaction, je ne voulais pas te faire de mal.
Donnez-moi vite un sac de miellat, c'est la seule façon de le sauver!
Chaque minute compte!
Surucucu! Les fées! Fabriquez vite du sérum anti-venin!
Elle mort le bord pour cracher son venin.
Et maintenant, il faut bien mélanger le tout!
Voilà, il faut qu'il boive maintenant.
Il est hors de danger, mais il doit rester tranquille. Il ne pourra plus aider le renard.

Faisons appel aux tamanoirs pour remplacer Patou. Ils sont forts et rapides.
TAMANOIRS
Toutes les feuilles se rassemblent pour former un gigantesque porte-voix et on entend à travers la forêt :
"ON RECHERCHE DE TOUTE URGENCE DES TAMANOIRS POUR TRANSPORTER DES SACS DE MIELLAT !"

TAMANOIRS
TAMA
TOKO
TOKOPLOCK
TOTOKOPLOK
TOKOPLO
C'est comme ça que les tamanoirs chargés de sacs de miellat arrivent à la falaise où Hector les attend impatiemment.
Ah, voilà enfin une vraie équipe de livreurs... Maintenant ça va aller vite.
Patou se remet lentement...

Les missions avancent et on a bon espoir de les terminer à temps...
... mais voilà que le Monstre décide de revenir plus tôt que prévu.
Nestor, caché dans le feuillage, se réveille.
Monstre ! Tu es un tricheur !
Hein ?! Qu'est-ce qui se passe ?!
CRACK
De toute façon les missions que je leur ai données sont impossibles !... et puis c'est moi qui fait la loi ici !
Flamme ! Prépare le grill !
Ça va pas se terminer comme ça !
Il faut que je file avertir les autres !

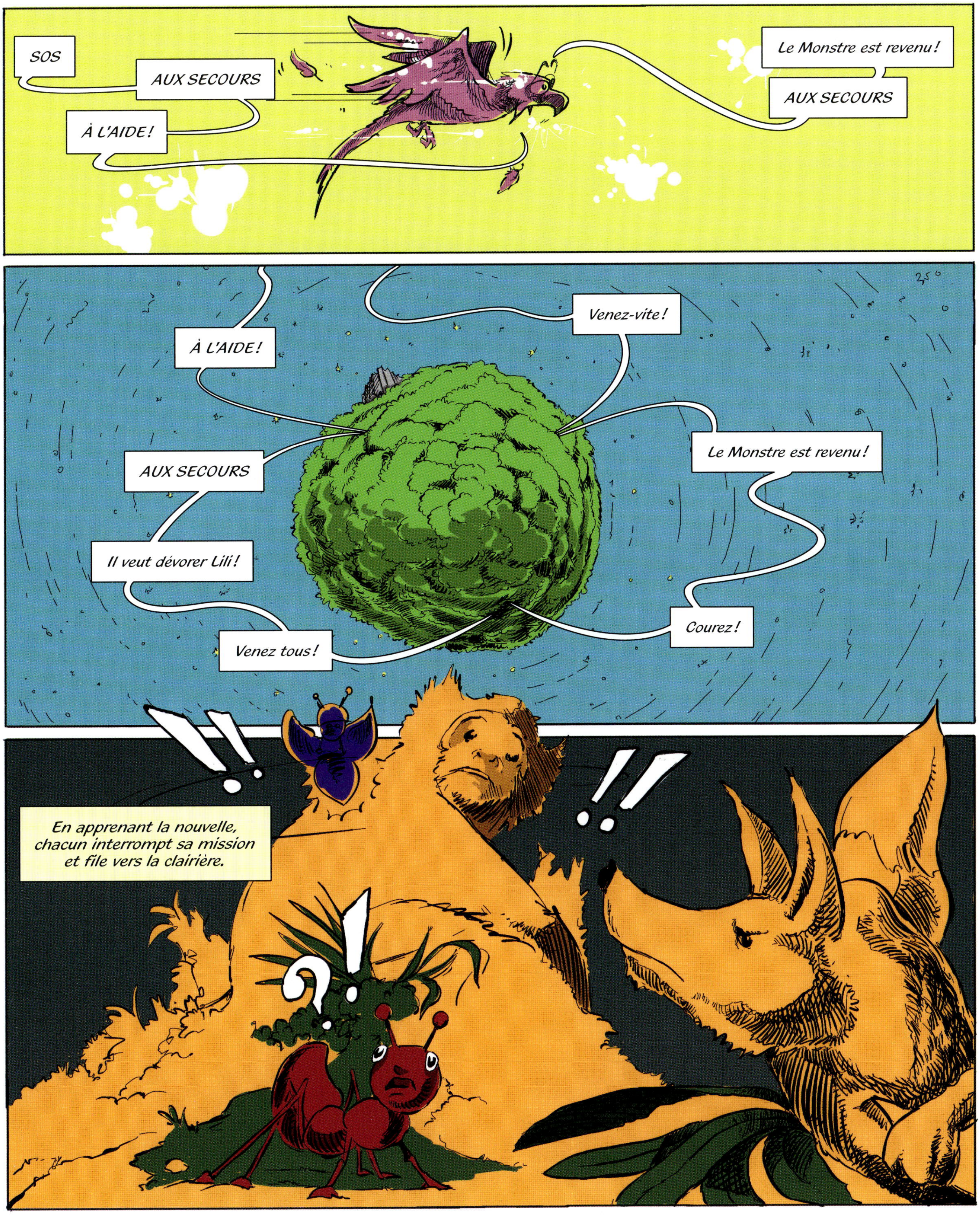
SOS
AUX SECOURS
À L'AIDE!
Le Monstre est revenu!
AUX SECOURS
À L'AIDE!
Venez-vite!
AUX SECOURS
Le Monstre est revenu!
Il veut dévorer Lili!
Venez tous!
Courez!
En apprenant la nouvelle, chacun interrompt sa mission et file vers la clairière.
!!
!!
?!

Marre de ce monstre !
Tu l'as dit !
Pas le temps de se reposer !
On y va !
Ouiii !

Les fées n'ont pas le droit d'utiliser leur magie, mais contre un tricheur c'est autre chose...
Tiens ! Avec ça, tu seras aveuglé jusqu'à l'heure prévu ! Quand l'aube arrivera !
AAAAAAAHHHHHHHHH.
Vite ! Rattrape Lili !
Pas de problème !

L'aube apparaît.
ça va chef?
Aïe! Aïe!
Tais-toi, stupide flamme!
Quelques minutes après, le monstre a recouvré la vue.
Ce tour de magie est minable!
Je vais tous vous croquer!
Quoi? Qui, toi...?!
Arrête un moment et écoute-moi! Tu m'avais donné une mission et je vais l'accomplir!
...je vais te bouffer... et tout de suite!
Espèce de sac à boulons!
AH AH AH AH
J'ai gagné! Je t'ai fait rire!
Profitons-en pour l'attaquer!

À ce moment, Hector se précipite sur le monstre et l'enroule de sa corde !
FLAP
FLAP
Puis il le recouvre de miellat.
?
!!
PUF
SBAM
GGGGRRRRRR

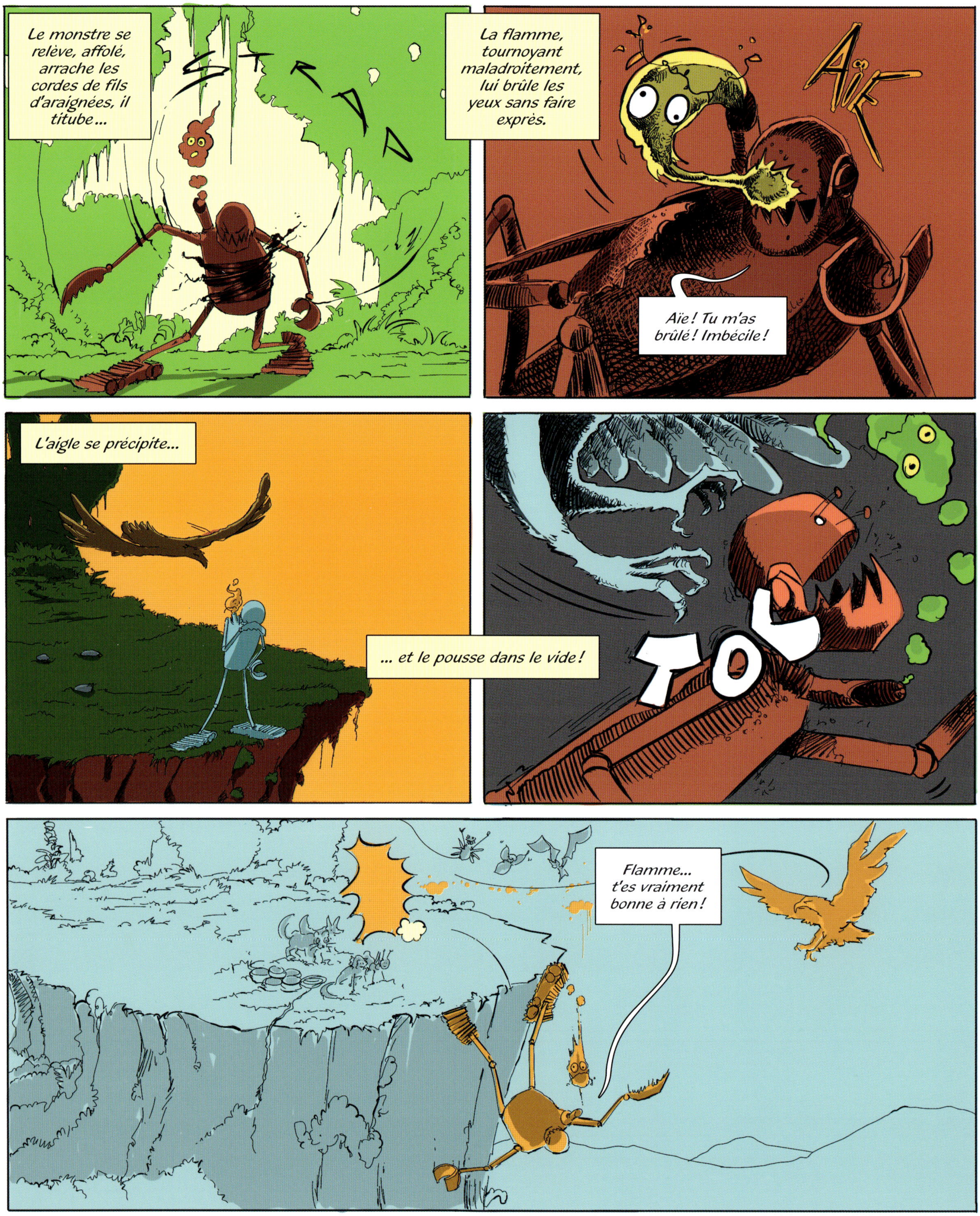
Le monstre se relève, affolé, arrache les cordes de fils d'araignées, il titube...
STRAP
La flamme, tournoyant maladroitement, lui brûle les yeux sans faire exprès.
AÏE
Aïe ! Tu m'as brûlé ! Imbécile !
L'aigle se précipite...
... et le pousse dans le vide !
TOC
Flamme... t'es vraiment bonne à rien !

GGGRRrrr
PLOC
Yooouuupi!

Et quand revient le soir... la surprise des lucioles apparait sur la falaise de Pedra Talhada.

À suivre ...

Carnet Pédagogique

Situation géographique de l'histoire

L'histoire de la réserve de Pedra Talhada

La forêt de Pedra Talhada est située dans la région du nord-est brésilien. Elle fait partie de l'écosystème de la forêt tropicale atlantique qui est l'un des plus menacés de la planète : seulement 5% de cette forêt subsiste aujourd'hui.

Cette forêt représente un grand trésor de biodiversité : on compte environ 180 espèces d'arbres par hectare et elle héberge un grand nombre d'animaux endémiques (qui n'existent nulle part ailleurs). A l'époque, elle était menacée de disparition car les bûcherons s'attaquaient à elle de toutes parts et les éleveurs de bétail rasaient des pans entiers de forêt pour les transformer en pâturage.

Nordesta a décidé de sauver cette forêt : le travail a commencé il y a trente ans et aujourd'hui elle est protégée pour toujours, car elle est devenue une réserve fédérale surveillée par le gouvernement brésilien.

L'Association Nordesta Reforestation et Education

Le but de l'Association Nordesta Reforestation et Education est la préservation des forêts tropicales, surtout de l'Amazonie. Pour y parvenir elle soutient les populations riveraines par des projets socio-éducatifs et environnementaux. Depuis 30 ans, les résultats les plus marquants sont :

- Plantation de 5'000'000 arbres natifs en partenariat avec les communautés locales.
- Protection et reboisement de 250 sources d'eau douce.
- Installations de puits, roues à aube et captage d'eaux pluviales dans le cadre du programme "L'Accès à l'eau pour tous".
- Etudes des abeilles Melipones et installation de 15'000 ruches dans tout le Brésil.
- Construction de 40 écoles et ateliers professionnels.

Les Personnages

Les **ABEILLES** pollinisent environ 80 % de toutes les plantes à fleurs qui sont à la base de l'alimentation animale et humaine. La biodiversité dépend en grande partie de la présence des abeilles et on attribue à Einstein la fameuse phrase « Si l'abeille disparaissait de la surface de la Terre, l'homme n'aurait plus que quatre années à vivre ».
Dans la réserve forestière de Pedra Talhada, nous avons recensé 7 espèces d'abeilles sociales natives. Elles font partie de la famille des abeilles « Meliponas » qui étaient déjà connues des civilisations Mayas et Incas. Ce sont des abeilles qui ne possèdent pas de dard et dont on peut récolter du miel sans se faire piquer. Leur taille va de celle d'un gros bourdon à celle d'un moustique, ce qui leur permet de polliniser toutes les fleurs, même les plus petites.

Les **FOURMIS** sont des insectes sociaux appartenant à l'ordre des Hymenoptères. Il y en a de toutes formes et couleurs : allongées ou arrondies, petites ou grandes, noires, brunes, rouges ou multicolores. Les scientifiques ont déjà décrit plus de 12'000 espèces dans le monde, mais pensent qu'il doit y en avoir beaucoup plus, qui restent à découvrir. Certains entomologistes estiment qu'il pourrait y en avoir 30'000 espèces !
Toutes ces fourmis ont un impact très important sur la nature : elles mangent, décomposent et recyclent les débris végétaux ou même animaux et participent ainsi aux cycles de la vie. Elles ont développé des comportements de symbiose ou de mutualisme avec un grand nombre d'espèces végétales et animales.
Parmi les comportements remarquables des fourmis, on peut relever celui que certaines espèces ont développé avec d'autres animaux, notamment divers pucerons qui sucent la sève de certaines plantes et secrètent une substance sucrée appelée «miellat» dont les fourmis sont friandes. Ainsi les fourmis protègent les pucerons contre les prédateurs et ces derniers leurs fournissent un bon dessert sucré : chacun est gagnant !
Les fourmis vont jusqu'à caresser l'arrière-train des pucerons pour les encourager à secréter davantage de miellat.

133 espèces de fourmis ont été identifiées dans la forêt de Pedra Talhada.

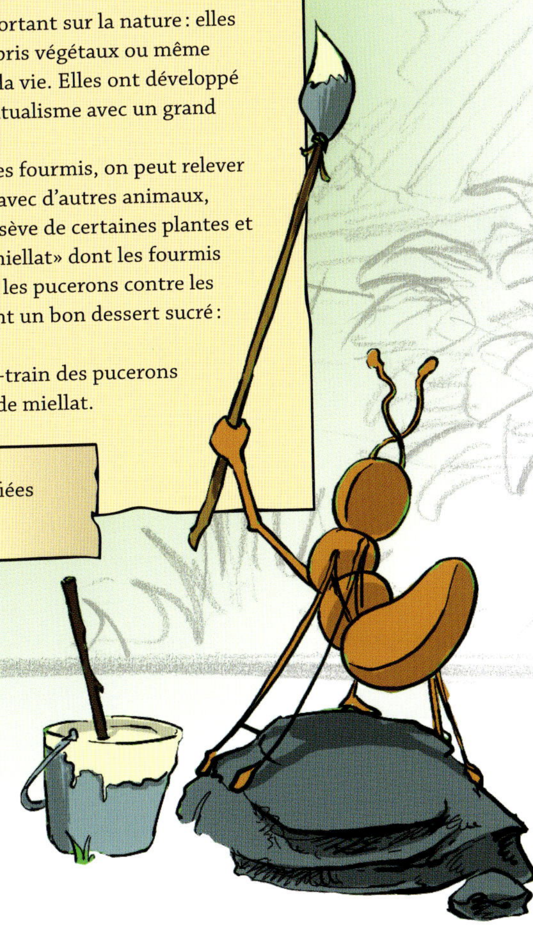

L'AIGLE est un oiseau du groupe des rapaces diurnes qu'on trouve dans le monde entier. Son rôle de super-prédateur le place tout en haut de la chaîne alimentaire dans laquelle il joue un rôle essentiel. Représentant la beauté, la puissance et le prestige, il figure sur de très nombreux drapeaux et emblêmes nationaux.

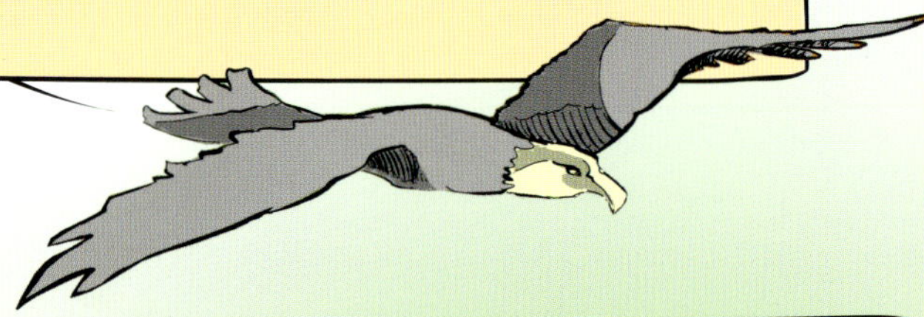

LE SINGE : Avec 112 espèces, le Brésil est le pays qui abrite le plus grand nombre de singes au monde. Les ouistitis sont parmi les plus petites espèces et à Pedra Talhada ils vivent en lisière des forêts et viennent souvent dans les parcs et jardins. Ils sautent d'un arbre à l'autre et savent courir sur de minces clôtures pour atteindre leur but. On peut les observer de très près si on leur offre des bananes et ils reviendront tous les jours aux mêmes horaires. Ils sont omnivores et mangent des fruits, des jeunes pousses végétales, des résines, des insectes ou autres petits vertébrés.
Les singes appartiennent au même ordre animal que nous : eux et nous sommes des primates !

LES LUCIOLES sont des insectes qui peuvent émettre de la belle lumière par une réaction chimique produite dans un organe situé à l'extrémité de l'abdomen. Ce phénomène est appelé « bioluminescence » et sert à la reconnaissance entre partenaires d'une même espèce. Afin qu'elles puissent se reconnaître parmi les 2'000 espèces de lucioles existantes, c'est par la variation du clignotement et de l'intensité lumineuse qu'elles se distinguent les unes des autres. Les clignotements peuvent être réguliers, rapides ou lents, ou encore en séquences alternées, produits individuellement ou en groupe. La couleur du signal lumineux peut prendre différentes teintes allant du jaune au vert ou au bleu.
Bien qu'on les appelle aussi « vers luisants », ce ne sont pas des vers, mais des coléoptères qui s'alimentent surtout d'escargots et de limaces, ainsi que d'un grand nombre d'espèces d'insectes. Les lucioles sont nocturnes et le jour elles se cachent sous les feuilles ou dans la litière de la forêt.

LES ARAIGNÉES constituent un univers fascinant : on doit tout d'abord indiquer que ce ne sont pas des insectes. Elles ont 8 pattes et font partie d'un autre groupe d'arthropodes, tout comme les scorpions, les opilions, les crustacés, etc.
La plupart des araignées tissent des soies qui peuvent être agendées en multiples formes : géométriques, irrégulières, en forme de toiles plates ou de tubes, de collerettes, de nappes, de dômes, de hamacs ou d'enchevêtrements de simples fils.
Ces toiles se composent de fils de soie que l'araignée secrète à partir de glandes situées à l'extrémité de son abdomen. Le fil d'araignée est un matériau à la fois extrêmement solide et flexible et, selon plusieurs grands professeurs en biologie moléculaire, il serait plus solide que l'acier et plus résistant que les meilleures fibres synthétiques, comme le Kevlar, par exemple.
Depuis de nombreuses années, les laboratoires biologiques font des recherches sur l'utilisation de ces soies, mais il n'est pas facile d'« élever des araignées » pour produire ces soies en quantités industrielles.
Dans la nature, les araignées jouent un rôle fondamental, notamment pour la régulation des populations d'insectes dont elles se nourrissent.
On les trouve dans tous les milieux : steppes ou montagnes, forêts ou déserts, dans les villes et villages, dans les caves, les greniers et aussi dans nos appartements !

LES TOILES

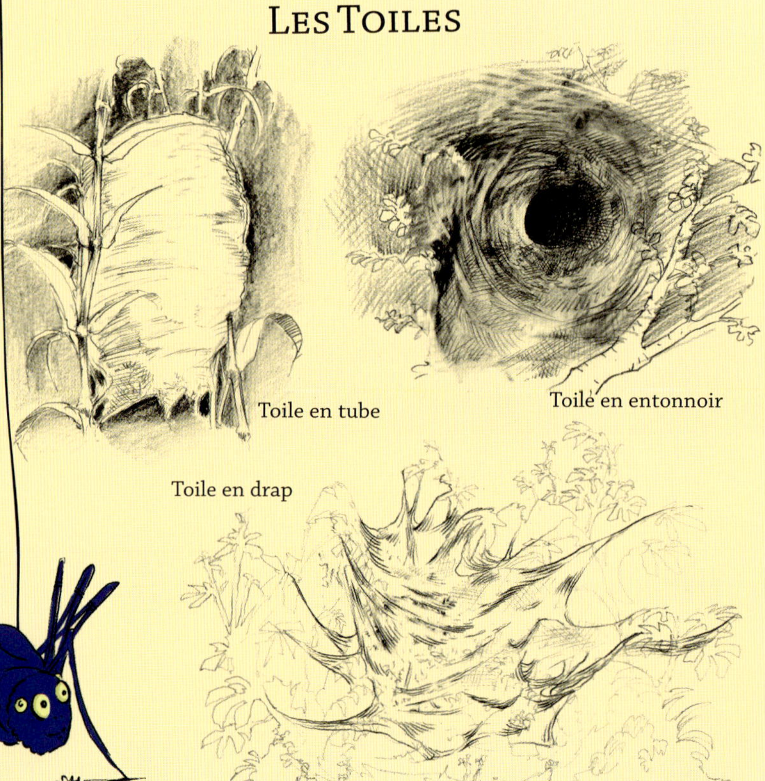

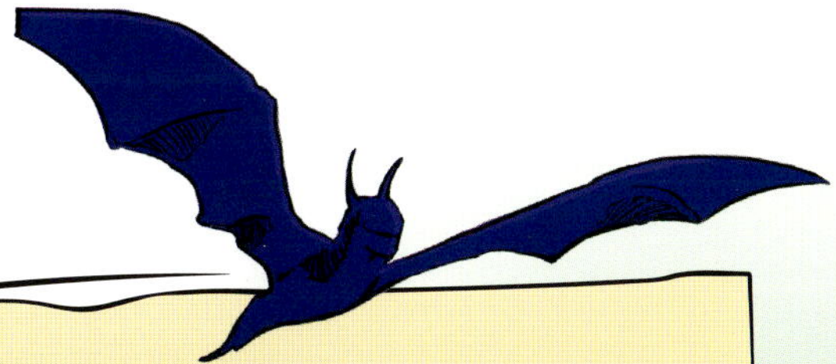

LES **CHAUVE-SOURIS** sont des mammifères volants. Elles sont nocturnes et dorment durant la journée dans un endroit sombre, suspendues à l'envers.
Leur incroyable performance consiste à voler à toute vitesse dans le noir, grâce à l'écholocalisation : elles émettent des ultrasons qui détectent les obstacles par réflexion. En fait, elles se dirigent grâce à leurs oreilles : ces ultrasons sont des cris émis en rafale par la bouche ou par le nez et peuvent aller jusqu'à 150 cris par seconde. Les sons butent sur l'obstacle et reviennent par réflexion, les chauve-souris les entendent et s'orientent pour les éviter. Une expérience a été faite dans une chambre noire où des dizaines de fils ont été tendues : des chauves-souris ont ensuite été lâchées et ont volé dans toutes les directions, sans se cogner aux fils !
Le nez, ou « rostre » des chauve-souris peut prendre des formes très diverses : il peut ressembler à un museau plus ou moins pointu ou prendre la forme d'une feuille verticale.
Le régime alimentaire des chauve-souris est très varié : certaines se nourrissent de fleurs, de fruits ou de pollen, mais les chauves-souris d'Europe se nourrissent presque exclusivement d'insectes qu'elles capturent en plein vol.

LE **PERROQUET** fait partie de la famille des psittacidés qui vivent surtout dans l'hémisphère sud du globe. On compte environ 356 espèces dans le monde, dont 85 espèces au Brésil. Dans la forêt de Pedra Talhada vivent 3 espèces qui se nourrissent surtout de fruits, de graines et de noix.
Les perroquets de Pedra Talhada sont capables de crier très fort car ils se déplacent en bandes et les cris sont leur moyen de communication. Un perroquet doit toujours rester en contact avec ses congénères, car il ne peut pas survivre seul : c'est en couple ou en groupe qu'ils trouvent leur nourriture, s'avertissent des dangers et se reposent.

LE **JAGUAR** est un mammifère de la famille des félidés. Il vivait autrefois dans tout le Brésil, mais ses populations ont reculé au fur et à mesure de l'arrivée des hommes sur ses terres. Quand une forêt est coupée pour y installer du bétail, le jaguar souffre doublement : d'une part il perd son terrain de chasse et d'autre part il est pourchassé par les fermiers.
Pour survivre, le jaguar a besoin de grandes étendues boisées sans présence humaine. La surface de la forêt de Pedra Talhada, de 4'500 hectares, serait suffisante pour accueillir quelques couples de ce beau félidé, mais il y a une forte présence humaine sur tout son pourtour et il est donc difficile d'imaginer qu'un jour il puisse revenir... on peut toujours rêver...!

LE **RENARD** fait partie de l'ordre des carnivores; c'est un canidé, tout comme le chien ou le loup. Il vit dans des tanières qu'il creuse en principe lui-même. Sa réputation est d'être malin, « rusé comme un renard... ». Autrefois appelé «Goupil», il survit tant bien que mal, car il est généralement traqué par les chasseurs et fermiers qui l'accusent d'être «nuisible». Pourtant, le renard occupe une place importante dans la chaîne alimentaire. C'est un grand prédateur de rongeurs et permet ainsi d'éviter leur prolifération. Il mange aussi des insectes et des fruits; dans la forêt de Pedra Talhada nous l'avons vu tuer une vipère.
Il participe aussi à la régénération d'arbres en disséminant, par ses excréments, les graines non digérées.

LES **SERPENTS** sont des reptiles, comme les tortues, les crocodiles, caïmans et lézards. Les serpents venimeux tels que les vipères sont recherchés pour leur venin qui sert à la fabrication de sérums et autres médicaments. Pour extraire le venin, l'herpétologue tient fermement la tête du serpent et presse ses crochets délicatement contre le rebord interne d'un verre pour faire couler le poison. Les dixièmes ou millièmes de grammes qu'on obtient ainsi sont très précieux, car ce poison est d'une efficacité redoutable, non seulement pour tuer, mais aussi pour guérir ! Le grand serpent qu'on appelle le « Seigneur de la Brousse » *Lachesis muta* figure sur la liste rouge des animaux menacés, mais il y en a encore dans la forêt de Pedra Talhada qui lui offre de la nourriture et beaucoup d'abris dans les cavités et grottes.

DÉJÀ PARU ! VOLUME 1 : "LILI LA FOURMI ET LE TRÉSOR DE PEDRA TALHADA"

Dans cette histoire, vous allez découvrir les aventures d'une fourmi qui vont l'amener à découvrir un trésor. Celui-ci va lui permettre de sauver la forêt dans laquelle elle vit et qui est en grand danger de destruction. Pour combattre tous les dangers qu'elle doit affronter, elle s'entourera de plusieurs autres animaux de la forêt et même d'une fleur !

Références:
Lili la Fourmi et le Trésor de Pedra Talhada. ISBN 978-2-3724-5012-6
A Formiga Lili e o Tesouro de Pedra Talhada. ISBN 978-2-3724-5014-0
Lily the Ant and the Treasure of Pedra Talhada Forest. ISBN 978-2-37245-016-4

DÉJÀ PARU ! LIVRE : "BIODIVERSITÉ DE LA RÉSERVE BIOLOGIQUE DE PEDRA TALHADA (ALAGOAS/PERNAMBUCO, BRÉSIL)"

Si vous voulez en savoir davantage : Lisez l'ouvrage « Biodiversité de la Réserve Biologique de Pedra Talhada » auquel plus de 200 spécialistes du monde entier ont contribué pour décrire la faune et la flore de cette réserve.

Les 2'500 photos contenues dans ce livre vous guideront sur le chemin de la découverte de ce fabuleux écosystème.

Références :
« Biodiversité de la Réserve Biologique de Pedra Talhada » par Anita Studer, Louis Nusbaumer, Rodolphe Spichiger. Editions Boissiera, 2015.

À PARAÎTRE ! VOLUME 3 : "LILI EN QUÊTE DE L'OISEAU BLEU"

Lili guide un groupe d'enfants à travers la forêt pour trouver un oiseau emblématique, objet d'un concours. Mais les enfants ne savent pas duquel il s'agit et ne possèdent que quelques maigres indices. Ils doivent donc enquêter auprès de très nombreuses espèces d'oiseaux pour découvrir leurs spécificités, telles que constructions de nids, camouflages, stratégies alimentaires et autres. Leur quête les plonge dans le monde merveilleux des oiseaux qu'ils apprennent à mieux connaître... pour finalement trouver le rare oiseau bleu !

À PARAÎTRE ! LIVRE : "LES RAPACES DU BRÉSIL"

Ce livre présente nos observations sur une quarantaine de rapaces diurnes et nocturnes du Brésil. Des centaines d'heures d'observations directes témoignent de leurs comportements et de l'important rôle qu'ils jouent dans la nature. De nombreuses photos appuient nos commentaires et nous espérons qu'une meilleure connaissance de ces « mal-aimés » diminuera leur persécution et amènera une vision plus lucide du rôle qu'ils jouent dans la grande chaîne de la vie.

Pour plus d'informations : **www.nordesta.org**